KB042189

봄 경전 읽기

봄 경전 읽기

초판 1쇄 인쇄일 2018년 02월 23일
초판 1쇄 발행일 2018년 03월 01일

지은이 고승주
펴낸이 양옥매
디자인 표지혜 송다희
교 정 조준경

펴낸곳 도서출판 책과나무
출판등록 제2012-000376
주소 서울특별시 마포구 방울내로 79 이노빌딩 302호
대표전화 02.372.1537 **팩스** 02.372.1538
이메일 booknamu2007@naver.com
홈페이지 www.booknamu.com
ISBN 979-11-5776-531-7(03810)

이 도서의 국립중앙도서관 출판시도서목록(CIP)은 서지정보유통지원 시스템 홈페이지(http://seoji.nl.go.kr)와 국가자료공동목록시스템 (http://www.nl.go.kr/kolisnet)에서 이용하실 수 있습니다.
(CIP제어번호 : CIP2018006039)

*저작권법에 의해 보호를 받는 저작물이므로 저자와 출판사의 동의 없이 내용의 일부를 인용하거나 발췌하는 것을 금합니다.

*파손된 책은 구입처에서 교환해 드립니다.

봄
경전읽기

고승주 시집

•

나의 글은 언제나

풀무에 연단된 쇠처럼 강해질 것인가

그리하여 사물의 깊이 잠든 영혼을

불러낼 것인가

– 고승주

•
•

목차

서언 4

1부
창 너머 풍경

황금수레와 까마귀 13
손끝에서 피어나는 꽃 14
무당벌레 날아오르다 16
뿌리 18
나이테 20
자벌레3 21
유성(流星) 22
어머니 23
난독증(難讀症) 24
상처에 입술을 대다 26
하루 28
호랑거미 30
쓸쓸함의 독 32
창 너머 풍경 34
꽃을 든 남자 36
벚꽃 37
낙엽 편지 38

2부

바람의 중량

세한도 41
벼루에 언 물 녹으니 42
바다 45
호박꼬지 46
계단에 핀 나팔꽃 48
죽은 나무의 말 50
새와 새똥 52
뉴욕의 플라타너스 54
장미 그 붉은 56
2012XE54 58
꾀꼬리 60
복 61
춤 62
미치광이 혹은 거리의 성자 63
정신병동 64
바람의 중량 65
눈발에 어른거리는 그림자 66

3부

봄 경전 읽기

탁란 69
파미르 고원의 늙은 양 70
수박을 베어 물며 72
배롱나무 꽃잎 지듯 74
목련 잎 뒤에 숨은 풀멸구 75
봄 경전 읽기 76
봄날의 뒷모습 78
공주들의 혼인비행 79
다시 쓰는 참회록 82
폐가(廢家) 84
가벼운 풀에게 86
앵두나무 88
슬픈 귀향 89
사루비아 꽃 94
인연 96
동행 97

4부

일곱 빛깔 언어의 꿈

일곱 빛깔 언어의 꿈 (1) 105

일곱 빛깔 언어의 꿈 (2) 116

일곱 빛깔 언어의 꿈 (3) 119

일곱 빛깔 언어의 꿈 (4) 121

일곱 빛깔 언어의 꿈 (5) 123

일곱 빛깔 언어의 꿈 (6) 127

일곱 빛깔 언어의 꿈 (7) 129

말의 꽃 132

혀 133

혀의 칼 134

빈집 136

말의 말 137

케네디 공항에서 138

5부

담쟁이 물들다

풍죽(風竹) 143
나비잠자리 144
나는 이상한 나라에 당도했다 145
자연 해우소를 찾아서 146
담쟁이 물들다 148
눈 149
무지개 150
나팔꽃씨 151
말하는 개 152
때죽나무 꽃 154
딱새 가족 155
검은 고양이 156
생강나무 157
해바라기 158
산목련 160
운수납자(雲水衲子) 162
입동(立冬) 163

1부

창 너머 풍경

황금수레와 까마귀

—

과거로 돌아가는 문은 굳게 닫혔다
미래로 나아가는 길 또한 보이질 않는다

이른 새벽부터
황도黃道를 건너기 위해
채비를 서두르는
황금수레에서
금가루가 쏟아져 내린다

까마귀 한 마리 감나무에 앉아
굳게 닫힌 문을
단단한 부리로 깨뜨리고 있다

손끝에서
피어나는 꽃

—

소리를 지워 버린 말은 고요하다

침묵의 깊이로 가라앉는
묵음默吟의 바다와 같다

달리는 전철 안
남자가 부지런히 두 손을 번갈아 가며 말을 건네자
여자가 빙긋이 미소를 지으며
핑크빛 매니큐어 바른 열 손가락을 펼쳐 보인다

부드러운 혀에 오르지 못한 말들은
상대의 눈으로 들어갔다

남자의 말은 직선적이고 힘차다
여자의 말은 남자의 말을
부드러운 손짓으로 받는다

여자의 말이 남자의 마음을 흔들었는지
갑자기 터진 남자의 웃음이
전철 속 침묵을 깨뜨린다

묵음의 바다에 솟아난
함박꽃 한 송이

무당벌레
날아오르다

—

등나무 아래 앉아
사소한 생각 한 줄을 써 내려가고 있는데

문득 날아든 무당벌레 한 마리
수첩 위를 이리저리 기어 다니다가
마침내는 내 새끼손가락을
마른 나뭇가지로 생각했던지
손가락 끝에서 아주 우아하게 날개를 펴더니
포르르 하늘로 날아올랐다

연둣빛이 하늘까지 번지는 오월

무당벌레 한 마리 내게 찾아온 건
아주 사소하고 사소한 일

무당벌레와 내가 한순간을 그렇게 보낸 일
그것도 내 생의 한 줄거리가 되는지를
곰곰이 생각하다가
오늘 하루도 사소한 생을 살아 버린 것이
아닌가 걱정하다가

무당벌레의 안부가 궁금해져서는
그가 남기고 간 물결 같은 무늬를
한동안 생각하곤 했다

뿌리

—

뿌리를 만져 본 자는 안다

뿌리의 슬픔이 얼마나 깊은지
견고한 바위에 뿌리박은 나무를 보면
부드러운 것이 어떻게 강한 껍질을 깨는지

풀처럼 연약한 것들이 어떻게
강하게 길들여지는지

뿌리를 만져 본 자는 안다

서러움이 어디서 오는지
절망이 어떻게 희망이 되는지
더듬거리며 가는 길이 어떻게 사랑이 되는지

눈먼 길 더듬더듬 열어 가는 세상
그들은 위로받지도 않고 어떻게
희망을 일으켜 세우는지

뿌리를 만져 본 자는 안다

눈물겨운 생을 살아가는 것들이
어떻게 세상을 떠받드는지

달콤한 과일 한 조각을 베어 물며
왜 우리가 뿌리의
노동을 떠올려야 하는지

나이테

한 생애를 걸어온
길

가슴 깊은 곳에 새겨 논
한
줄
비문秘文

자벌레 3

굼실거리며 길을 가는
자벌레 한 마리

그의 몸짓 따라
공간이 움씰거린다

자벌레가 가볍게 들어올렸다
내려놓은 허공

하루 분량의 노동이
그의 길 위에 있다

유성 流星

—

산다는 것은 거친 바다를 건너는 일이다

어느 낯선 곳으로부터
또 다른 낯선 곳으로
발걸음 옮겨 딛는 일이다

달려온 길 끝에서
불꽃 하나 피우는 일이다

한 줄 선을 긋고
가뭇없이 사라지는 일이다

어머니

—

그 말은
빈 그릇 같다

채워도 채워도
채워지지 않는

바다와 같다

난독증難讀症

—

나는 난독증을 앓고 있다

신은 오래전에 자연이라는 큰 책을
선물로 내려 주었는데
나는 아직 책의 한 페이지도 들춰 보지 못했다

바람이 써 놓은 문장의 행간을 읽지 못하고
강물이 써 내려간 흘림체의 뜻을 이해하지 못한다

별들의 침묵의 말과
저녁 호숫가 청둥오리의 노랫가락 하나
나는 건져 올리지 못했다

자연은 내겐 봉인된 밀서密書

새들의 말을 헤아리지 못하고
나는 나무들의 은어隱語를 읽지 못한다

상처에
입술을 대다

궁지에서 궁지를 배웠다

궁핍은 나를 한없이 낮은 곳으로 끌어내렸지만
밑바닥에 닿은 자만이
생의 불안에서 벗어난다는 사실

내가 빈손이 되었을 때
내가 빈손을 바라보았을 때
손바닥을 스치며 어디론가 달려가는 한 줄기 바람
손바닥에 가득 고이는 햇살

그리움에 대해서
사라지는 것들에 대해서 생각에 잠기면
흐린 기억 끝에 반짝이는 소금꽃

나를 단련시켜 온 궁핍

나를 일으켜 세운 절망

나를 떠받들어 온 진리의 숨결이여

산다는 것은 마음속 어딘가에

상처 하나 새겨 놓는 일

그 상처가 단단한 옹이를 만들어 가는 것

오늘 비로소

내가 지닌 상처의 무늬 위에

입술을 가져다 댄다

하루

—

오늘의 뿌리는 깊다

누군가 들여다보는 기억의 잔뿌리
상한 갈대의 쓸쓸한 휘파람 소리를 내고 있다

뿌리에 묻어 있는 슬픔을 털어 내면
강물에 반짝이는 아침 햇살 같은
생의 잠언을 듣게 될 것이다

산그림자 속으로 까무룩 사라지는
하루의 쓸쓸한 등을 바라보며
생을 덧없다고 단정하지 말라

모든 생명은 자연의 노동으로 쌓아 올린 섬

절망에 무릎 꿇지 않고 살아온 하루가
내게 말을 걸어온다

호랑거미

호랑거미가 죽어 있다

거미줄에는 조문객으로
햇솜 같은 눈송이가 걸렸다

입체의 공간에 내건 가장 간결한 평면
그의 거처는 몸에서 뽑아 낸 공중누각이다

그는 지혜로운 건축자
그는 음흉한 기다림의 명수

그의 일생은 침묵으로 뭉쳐져 있다
하루 종일 거미줄에 거꾸로 매달린 채
정지된 동작은 숨이 멎을 듯하다

그의 하루 방문객은
지나가는 한 줄기 바람
거미줄에 발이 걸려 삐끗해진 햇살이다

아직도 내려놓지 못한 기다림이
가는 명주실에 걸려 있다

쓸쓸함의 독

—

나뭇잎 다 떨군 겨울나무를 보고
쓸쓸하다 하고
우듬지에 앉아 우는 새를 보고 외롭다고 한다

길바닥에 낙엽이 구르는데
사랑하던 사람이 떠난 것처럼
왜 이리 내가 쓸쓸해지는가

쓸쓸함의 단어에 묻어 있는
쓸쓸에 대해 생각해 본다

새와 나무를 보고
내가 저녁 숲처럼 쓸쓸해지는 것은
내 속에 든 쓸쓸한 한 사람이다

쓸쓸함 속에는 떼어 낼 수 없는

쓸쓸함의 독이 묻어 있다

창 너머 풍경

—

창문이 하나 나 있네
창은 감옥 같은 몸의 눈과 같네

창문 너머로 새 한 마리
허공을 가르며 날아가네
흰 구름이 뜨내기처럼 지나가고
구름 지나간 자리에
파란 하늘이 오래전부터 있어 온 자태로 그냥 있네

창 너머에 나무 한 그루 서 있네

세월은 나무에다 어떤 사연들을
새록새록 새겨 놓았는지
나는 아직 궁금한 말들을
다 묻지 못했네

나는 창문 밖을 기웃거리고
나무는 창문 안쪽을 기웃거리고 있네

바람이 나뭇가지를
어린아이 팔 같은 어린 나뭇가지를
비틀어 놓고 깔깔거리며 달아나네

나뭇가지가 흔들리는 바람에
내 마음까지도 흔들리고 흔들려서
한동안 그 흔들림 멈출 수 없네

꽃을 든 남자*

—

말을 지운 자리에 꽃이 피어났다

그는 말을 버리기 위해 말을 했다

꽃의 내력을 말로 설명하려 들지 말라

진흙 속에서 피어난 연꽃 한 송이에도

우주의 입김이 서려 있다

말을 버린 자는 다만 꽃을 들어 올릴 뿐이다

* 염화미소(拈華微笑)

벚꽃

새 떼처럼 우루루
한꺼번에 몰려와서는

소란을 떨다가
소란을 떨다가

나뭇가지를 박차고 날아가 버렸다

나무 밑에 소소한 낱말들
패잔병처럼
수북이 흩어져 있다

낙엽 편지

이별의 편지는 늘 쓸쓸하다

어느 누가 그의 생을
저렇듯 가볍게 내려놓을 수 있을까

편지에는 굴곡진 삶을 살아온 자취가
노동자의 굵은 팔뚝에 난
힘줄처럼 새겨져 있다

진실은 누가 말하기도 전에
눈물처럼 번진다

2부

바람의 중량

세한도

—

고립의 시간이다

내부를 비워 낸 무욕의
수묵화 한 장

여백은 사물을 지우고
사람을 지우고
온갖 잡념까지 지운다

새들의 길도 끊기고
바람이 달려온 길을
스스로 지우고 있다

벼루에 언 물 녹으니 용서성학(傭書成學)*

—

멍에를 걸머진 소처럼 가겠습니다

인생살이가 돌밭 갈아엎는 쟁기 보습 같고
온몸으로 헤쳐 나가야 할 길이
묵정밭으로 앞에 놓여 있습니다

가난은 창호지 파고드는 한기寒氣처럼 매섭고
식솔食率들 끼니 걱정에
마음은 겨울 떡갈나무처럼 두런거립니다

---

* 이덕무(1741–1793) 조선 후기의 실학자
살림이 곤궁해 경문을 필사해 주고 받은 품삯으로 살았으며,
자신을 위해 책 한 권을 더 베껴 공부하여 학문을 이루었음.

이제 삼동 긴긴 추위도 물러가고
아침 햇살에 언 벼룻물 녹으니
붓을 들어 글을 써 내려갈 수 있습니다

손목은 끊어질 듯하고
온몸 자근자근 저려 오지만
식솔들 입에 더운밥 한술 떠 넣는 일이
어찌 공으로 될 일이겠습니까

언 손 손끝마다 밤톨처럼 부어올라도
받은 삯이 가족을 떠받드는 일이 되고
경문 한 줄 영혼의 허기를 달래 줍니다

밤을 새워 써 내려간 경문經文

내 몽매蒙昧를 열어 헤치니

가슴에 스미는 구절구절이

아침을 여는 토실토실한 참새 울음 같고

굼실거리며 길을 가는

강물의 노래와도 같습니다

바다

–

푸른 몸짓으로 일렁인다

세상의 모든 길을 거쳐 온
친구들 한곳에 모여

눈물을 지우고
상처를 지우고
지나온 이야기들을 지운다

호박꼬지

호박넝쿨에 매달린 애호박들이
오늘은 멍석 위에 반달로 떴다

하늘 깊은 곳에 차오르던 상현달이다

일렬로 줄을 맞춰 떠 있는 반달들
보름달로 몸피를 키워 가던 것들이
서서히 하현달로 지고 있다

무른 가슴속 몰래 키우던 비밀까지
대낮 햇볕 아래 드러나고 말았다

비밀을 들켜 버린
사춘기 소녀의 머쓱한 표정

호박꼬지를 널어놓은

할머니의 가슴속 어디쯤에도

처녀 적 비밀이

저렇듯 촘촘히 박혀 있으리라

여릿여릿하고

서나 서나 달처럼 차오르던

계단에 핀 나팔꽃

—

나팔꽃이 싹을 틔웠다

어느 허술한 집 계단 틈새에
뿌리를 내리자
햇살이 우루루 달려와 온기를 전하고
밤새 이슬이 내려와 마른 입술을 적셨다

바늘 같은 햇살 쏟아져
혀가 말라붙어도
그의 꿈은 자꾸 부풀어 올랐다

줄기에 매단 앙증맞은 꽃봉오리 몇 개
드디어 꽃송이를 피워 올렸다

제단에 바치는 붉은 꽃

아침마다 계단은

성소聖所가 되었다

죽은 나무의 말

몸에 박힌 비문秘文을 해독하려 드는 바람

바람은 뼈만 남은 마른 몸을
부드러운 혀로 핥기 시작했다

거친 세월 건너온 그의 몸속 어디에선가
이미 몸을 해체시키는 작업이 시작되었다

가는 팔을 횃대 삼아 쉬던 새들도 이제 찾아오지 않는다

지난날 어지러운 문장처럼 뻗어 내린 욕망의 팔들과
비밀의 통로를 타고 올라 손가락 끝에서 풀리던 연둣빛
팔랑거리던 이파리들도 흩어지고

어둠의 층계로 내려가는 발자국 소리 홀로 듣는다

지나온 날들을 되짚어 가는 길은 고통스럽다
몸에서 빠져나와 하루 종일 서성이는 마른 그림자
저녁이면 빈집에 쓸쓸히 찾아든다

꼿꼿이 선 채로 풍장 당하는 흰 뼈

앞으로 나아갈 수 없는 길목에서
더는 줄일 수 없이 간결해진 문장이
핏기 가신 손으로 허공을 찌른다

새와
새똥*

—

어느 시인은
새와 새똥을 노래했다

수많은 눈부신 물상物象들을 놔두고
새똥이라니…
시인의 품격에
어울리지 않을 것도 같은데

그는 새의 발자국에 고인 그늘과
새가 데리고 가 버린 그림자까지 노래했다

그는 사람의 몸을 빌려 온 한 마리 새인지도 모른다

---

* 오규원 (1941–2007) 시집 『새와 나무와 새똥 그리고 돌멩이』가 있다.

그는 새를 사랑하고 또 사랑했으나
포르르 날아가 버리는 새의 팔딱거리는
심장의 박동을 느낄 수 없기에

그는 새와 새똥을
바라보고 바라보며
새에 대한 그리움을 그리워한 것이다

뉴욕의 플라타너스

—

뉴욕 우드사이드의 어느 도롯가에 거목 한 그루 서 있는데 우리말로 버즘나무라 하는 120년가량 된 플라타너스는 온몸이 회백색으로 꼭 몸뚱아리에 버짐이 퍼진 것 같네 울뚝불뚝한 몸통은 근육질의 서양 장정 같기도 하고 어른 두어 사람이 팔을 벌려 안으면 겨우 손끝이 닿을 듯 말 듯한 나무는 팔을 하늘 높이 뻗쳐 올리고 뭉뚝한 뿌리는 보도블록까지 들썩여 놓았는데 봄이 찾아와 꿈 많은 소년처럼 초록 이파리를 무성하게 내밀면 참새 가족이 우루루 몰려와서는 시름없이 노랫가락을 들려주네 나무 밑을 지나는 사람들도 그늘 아래 근심을 내려놓고 잠시 쉬었다 가네 시간은 늘 그랬던 것처럼 뒷모습 보이지 않고 총총걸음으로 사라지지만 저렇듯 나무에다 세월의 무게를 새록새록 새겨 놓았네 지금껏 신의 얼굴을 보았다는 사람은 없지만 신은 모습을 살짝 바꾸어 저렇듯 길가에 하염없이 서 있네 삶은 결국 홀로 가는 길이라는 것을 알려 주려는 듯 뚜벅뚜벅 길을 가는 한 사내의 뒷모습을 닮았네

장미
그 붉은

–

나는 이제 세월을 헤아리지 않는다

세월은 헤아리지 않아도
누가 뒤에서 등을 떠미는지
문 앞에 불쑥 다가와 있다

5월,
담장을 타고 넘던 넝쿨장미가
겨드랑이마다 붉은 꽃을 달아 놓았다

장미는 과거를 지워 버린 흰 캔버스 위에
붉은 색칠을 하고 있다

이제 나는 꽃의 유래를 묻지 않는다

그 기원은 아득하고 아득해서
거친 세월의 물살을 헤쳐 온
어느 유목민의 슬픔이 배어 있다

2012XE54*

어느 날 누가
내 이름 가만히 불러 보기나 할 것인가

창백하고 푸른 지구별 하도 궁금해
떠돌이 생활에 고단한 몸 이끌고
은근슬쩍 한 번 스쳐 지난 일로

누가
내 이름 떠올리기나 할 것인가
끝없는 방랑의 길
이곳저곳 기웃거리다가
그리움 보름달처럼 부풀어

* 지구 근처 23만 Km 가까이 지나친 소행성

푸른 지구별 가까이

한 번 스쳐 간 일로

누가

혀끝에 내 이름 올려놓기나 할 것인가

꾀꼬리

—

어느 시인은
세상의 모든 경전 위에
꾀꼬리가 있다 했다

5월 숲에 찾아온
꾀꼬리가
경전을 외고 있다

그토록
난해한 경전을 쉽게
아주 쉽게 풀어서

내 귀에 넣어 주고 있다

복

–

다섯 해를 갓 넘긴 손녀*가
머리를 깊숙이 숙여

할아버지
새해 복 많이 받으세요!
한다

부드러운 혀에서 태어난
햇솜 같은 복

은은한
목화꽃 향기

---

* 고행원

춤

—

1.
그의 몸은 가뭇없이 사라졌다가
섬처럼 떠올랐다

몸에다 가락을 구겨 넣었다가
몸에 숨은 가락을 다시 꺼내
하나하나 풀어헤쳤다

2.
몸짓에는 말이 들어 있다

문을 열고 나오려는
천 개의 몸짓
천 개의 말이다

미치광이 혹은 거리의 성자

—

날로 거대한 공룡처럼 몸집을 키워 가는 도시 속을 그는 어슬렁거린다 그는 황량한 초원을 떠도는 하이에나이거나 뭉뚝한 발로 길바닥을 헤매는 비둘기다 도시가 그를 버리기 전 그가 먼저 도시를 버렸다 번화한 도시 속에 드러누운 적막과 두려움을 벗어나 그는 도시를 배회하는 떠돌이별이 되었다 철 지난 옷을 걸치고 거리를 배회하는 미치광이를 행인들은 관심 없이 지나치지만 그의 무욕의 시선은 선사시대의 산야에 머물러 있다 누군가 던져 준 두터운 겨울옷을 걸치고 여름 속에 있지만 그는 초월을 꿈꾸는 거리의 성자다 고층빌딩의 위용도 도시인의 화려함도 외면한 얼굴은 수도승처럼 평온하다 세상의 모든 오물이 달라붙은 듯한 옷에는 주어와 수식어의 잔가지를 쳐낸 'HOW'라는 이국어가 사람들에게 길을 묻고 있다

정신병동

—

말과 말이 남긴 흔적까지 지워 버린 사람들이 모여 사는 병동病棟 과거는 이미 쓰러진 풀이거나 패잔병의 늘어진 어깨 위에 내려앉은 먼지 원래 말은 그들의 창검이었다 뿔처럼 날카로운 말을 버리고 세상의 중심에서 빠져나온 그들은 조롱에 갇힌 새가 되었다 겨울나무의 수들수들한 기억 몇 개 붙들고 있는 그들은 말을 버리고 나서 비로소 말의 구속에서 풀려났다 간혹 머리채를 흔들며 떠오르는 희미한 추억들 신기루처럼 사라진다 말처럼 달려온 젊은 날들은 어디로 사라졌는지 기억은 붓을 씻어 낸 물처럼 흐리다 몽환夢幻의 강물 위에 부유浮游하는 빛바랜 사진 몇 장 기억의 저편에서 힘없이 자맥질한다

바람의
중량

—

대를 걸러 숙련된 장인匠人의 집짓기

무당거미는 온 신경을 거미줄에 걸어 놓고
바람의 중량을 가늠한다

숭숭 뚫린 그물 사이로 달아나다
그만 그물에 걸려
휘청거리는 바람

눈밭에 어른거리는 그림자

한 줄의 시는
시든 풀잎에서 태어났다

바람에 훅 날아갈 것 같은
가벼운 시 한 줄
눈 덮인 산에서 떨고 있다

눈밭에 드리운 풀의 야윈 그림자
그의 허물어진 몸에서
쓰라린 기억을 불러내려는 듯

지나가는 바람이
그의 몸을 흔들고 있다

3부

봄
경전 읽기

탁란托卵

—

뻐꾸기 울음이
5월의 산허리를 넘는다

끊어질 듯 끊어질 듯
이어지는 울음

마지막 능선을 채 넘기도 전에
핏빛이 된다

남의 둥지에 제 새끼 키우는 어미
참회하는 마음
쏟아 놓은 것일까

서녘 하늘에 낭자한 울음
객혈처럼 붉다

파미르 고원의 늙은 양

_

그는 죽음을 맞기 위해 길을 나섰다

무리를 이탈하여 고원高原을 오르는 어미
몇 발짝 거리를 두고 뒤따르는 어린 새끼 양

죽음은 누구나 혼자 맞는다는 사실
순명順命의 도리를 깨우친 그는 성자다

힘겹게 떼어 놓는 마지막 한 걸음
죽음 앞에 닿아 있다

털썩, 두 무릎이 꺾이고
대지는 그의 고단한 몸을 받아들인다

채 감기지 않은 흐린 눈 위에 내려오는

고원의 푸른 하늘

수박을 베어 물며

잘 익은 수박 한 조각을 베어 물었는데
예전에 맛보지 못한 짠맛을 찾아냈어

여름 과일은 수박이 최고라며
붉은 속살을 한입 가득 베어 물었는데
단맛 뒤에 숨은 짠맛을 찾아내다니

빛 하나에도 일곱 빛깔이 숨어 있듯
수박에도 오미五味의 맛이 스며 있겠지

내 나이를 가만히 헤아려 보니
뒤돌아보지 않고 살아온 세월이
겹겹이 쌓였더라고

부끄러운 일이지만
내 인생살이가 지금껏
신기루 같은 달콤함만 좇아온 것은 아닌지

곰곰 생각해 보니
인생살이 쓴맛 단맛 다 맛보고 나서야
인생을 말할 수 있겠더라고

배롱나무
꽃잎 지듯

여의천 언덕배기에 배롱나무 홀로 붉다

그림자 하나 거느리고
하루 종일 제자리를 지키는 배롱나무

사람들 눈길 주지 않는 사이
발밑에 가만히 내려놓는 붉은 꽃잎 몇 장

배롱나무처럼
내게도 내려놓아야 할 무엇인가 있을 것이다

세월이 흘러가는 쪽을 바라보는 일은 항상 쓸쓸하다

목련 잎 뒤에
숨은 풀멸구

–

생각 없이 들춰 본 목련 잎 뒤에
작은 벌레들 우글우글하다

허락 없이 들이닥친 낯선 이방인
그들은 주춤주춤 뒷걸음질 친다

온몸을 초록으로 위장한 벌레들
초록 몸속으로 빠르게 번지는 두려움

원초적 언어는 저렇듯
풀물처럼 번지는 것이다

봄 경전 읽기

온 천지가 몸살을 앓기 시작했다

생강나무가 노란 눈망울을 비비며 깨어나고
고목나무도 몸 어느 구석이 간질간질해 오는지
연둣빛 눈을 내밀었다

짙어 가는 산수유 꽃그늘 아래
개울물은 아직 겨울잠에서 덜 깬 듯
투덜거리며 길을 나섰다

박새는 나뭇가지에 시름없이 앉아
휘르르 휘르르 하며
게으른 노래를 부르고

새매는 날카로운 발톱을 감추고는
암컷의 등에 살며시 내려앉았다

자연은 지난해 써 놓은 문장을 지우고는
봄 편지를 고쳐 쓰기 시작했다

봄날의 뒷모습

봄날이 찾아와
꽃을 우우우 피웠다가
아름다운 빛깔을 지우고
꽃 그림자를 지운 후
우우우 사라지기까지
나는 시 한 줄 남기지 못했네

신의 전언傳言을 들려주러
꿈결처럼 찾아온 봄날
사랑인 듯, 약속인 듯
봄날은 찾아와 뜨겁게 타오르는데

내 마음은 돌처럼 굳고
사라지는 봄날의 뒷모습을
나와 무관한 것처럼 바라만 보네

공주들의
혼인비행

—

국민 여러분께 긴급사태를 알립니다.
부산항 감만 부두에 우리 농작물에 피해를 입히고 생태계를 교란할 목적으로 살인개미 떼가 잠입했습니다. 부산 항만공사 직원들은 추석연휴를 반납하고 검역당국과 협력하여 항만 컨테이너 야적장과 인근 부두에 대대적인 소독작업을 마쳤습니다. 그뿐만 아니라 해양수산부 환경부 검역본부 산림청 관계자 곤충학자와 합동조사반을 꾸려 방역대책을 세우고 부두와 배후지역을 샅샅이 조사하고 있으며 전국 34개 주요 항만에서도 철저히 수색작업을 진행하고 있습니다.
이들은 남미가 고향으로 일본이나 중국을 경유하여 침투해 온 것으로 추정되며 대대적 수색작업을 펼친 결과 컨테이너 야적장에 은거하던 200여 마리의 불개미를 소탕한 후 잔존 세력들을 추적하여 시멘

트 바닥 밑에 숨어 있던 1,000여 마리의 군집을 찾아내 일망타진하였습니다. 지하에 조직을 형성한 걸로 보아 이들은 우리나라에도 지하세력을 구축하고 암약하려 한 것이 분명합니다.

국민 여러분, 이놈들의 인상착의를 말씀드리자면 온몸이 붉고 독침까지 휴대하였으며 이들은 사람들을 무차별적으로 공격하여 치명상을 입힐 수도 있으니 경계를 게을리해서는 안 되겠습니다. 독침에 맞을 경우 불에 덴 듯한 통증을 느끼게 되며 과민성 쇼크에다 호흡곤란을 초래하여 사망에 이를 수도 있으니 발견할 경우 절대 접근하지 마시고 즉시 당국에 신고해 주시기 바랍니다.

국민 여러분, 더욱 경계해야 할 내용은 살인불개미의 서식지와 배후지역을 샅샅이 뒤져 모두 박멸했으나 여왕개미가 어디로 탈주했는지 그 종적을 아직까지 찾지 못하고 있습니다. 만일 여왕이 탈출에 성공하여 공주들을 출생했다면 지금쯤 공주들은 신접살림을 꾸리러 혼인비행을 떠났을 것이니 공주들의 혼인비행을 목격하신다면 지체하지 마시고 즉시 신고해 주시기 바랍니다. 이를 소홀이 생각하여 은거지를 숨겨 두거나 신고를 미적거릴 경우 재산상의 손해는 물론 처벌을 받을 수도 있으니 이 점 각별히 유념해 주시기 바랍니다.

다시 쓰는 참회록

—

삶이 지닌 무게만큼 나는 진실하지 못했다

생명이 오롯이 품은 향기를 나는 지니지 못했다
생의 경건성에도 비켜나 있고
나의 겸손 가운데는 오만이 도사리고 있다

나는 진리의 선물에 감사의 눈물을 흘리지 않았고
진실 앞에 마주서지 않았다
하루의 문을 여는 아침 햇살과
뭇 생명을 기르는 밤의 노고를 깨닫지 못했다

어머니의 품 같은 은은한 달빛
대지의 향기를 전해 준 들국화에게
감사의 말 한마디 전하지 못했다

뭇 생명을 품어 기르는 자연
어떻게 하면 모든 생명의 진실을 이해하고
아름다움을 아름다움으로 바라볼 수 있을까

인내를 가르쳐 주던 새들과 곤충과 나무들
자연이 써 놓은 수많은 글들의 의미를
나는 아직 헤아리지 못한다

목적지를 바라보는 나의 눈은 흐리다
나의 말은 투박하고
나의 발걸음은 거칠며
나의 가야 할 길은 아직도 멀다

폐가廢家

사람들이 모두 떠나고 홀로 남은 집

가을 햇살은 지붕 위에 내려와 빈둥거리고
집은 자신이 버림받은 사실도 모른 채
축축해진 몸을 햇볕에 말리고 있다

바람은 호기심 많은 아낙네 같이
집 안 구석구석을 기웃거리다가
너덜너덜해진 창호지 바른 문짝을
가만히 흔들어 보기도 했다

사람들의 기침 소리까지 거두어 간 빈집
마당에는 버려진 신발 한 짝과
저녁 밥상 위에 놓였던 숟가락이 나뒹군다

들뜨지 않은 낮은 색으로 가라앉은

주황색 양철지붕 아래

제 몸 가누지 못한 채 삭아지는 서까래

집은 누구에게 위로받지도 못한 채

녹슨 기억과 함께 허물어지고 있다

가벼운
풀에게

—

사람들 바삐 왕래하는 어느 사거리 길
보도블럭 틈새에 뿌리 내린 가난한 목숨

저렇듯 길바닥에 내던져진 풀에게도
비밀스런 신의 전언傳言이 있을까

사람들의 시선이 머무르지 않는
스쳐 가는 바람에도 속절없이 쓰러지는
풀의 허리를
가볍게 껴안는 바람

하찮은 것들이 붙들고 있는
저 강렬한 푸름은 어디에서 오는가

길거리에 서서

풀잎처럼 흔들리며

어떤 의미를 찾아야 할지 잠시 망설이는데

풀은 아무런 시름도 없이

몸을 가볍게 흔들어 보인다

앵두나무

흰 앵두꽃
가지마다
수런거리며 피어나더니

어느새
흰 꽃 지운 자리에
눈물자국 같은 자리에

무언가 자꾸 꾸물거리더니

붉은 루비를
종알종알 달아 놓았다

슬픈 귀향

—

열두 살 소녀에게
시간은 더 이상 흐르지 않았다

잔악한 세월의 비수는 소녀의 등에 박혀 있다
어디에 하소할 곳도 원망할 상대도 없고
가슴 적실 눈물도 말라 버렸다

아물지 않은 기억의 생채기는 함정이 되어
소녀들을 가뒀다
열두 살 혹은 열세 살 혹은 열다섯
세상 물정 모르는 청순한 가슴에 박힌 쇠말뚝
그러나 어찌 패망한 조국을 원망하랴
못난 조국의 무능을 한탄하랴

뜨눈으로 지새운 세월이 검버섯으로 쌓였는데
청춘을 유린蹂躪한 자들은 어느 누구도
무릎 꿇어 용서를 빌거나
화해의 손을 내밀려 하지 않는다

말 못할 상처를 안고 지새운 날이 몇 날이며
수치와 비통함으로 통곡하던 날이 그 얼마이더냐

무심한 세월은 흐르고 흘러
쇠락한 육신은 한 줌 흙으로 돌아가고
원혼들은 통곡의 울음 멈추지 않는데
간악奸惡한 범죄자들은 사죄의 말 한마디 없이
상처를 안고 조용히 사라지라 한다

숨죽여 울며 치욕을 홀로 삭이던 할머니들이
마침내 용기를 내 상처 진 가슴을 풀어 헤쳤다
벌거벗은 수치를 드러내 일제의 만행蠻行을
만천하에 알렸다

광화문 일본 대사관 앞에 소녀상이 세워지고
단아한 소녀의 어깨 위에 새 한 마리 내려앉았다
단발머리 어린 소녀의 꽉 쥔 두 주먹
무기도 없는 맨발의 소녀상 앞에
죄지은 자들의 간담은 녹고
말 없는 소녀의 눈을 쳐다보지도 못 한다

군주가 어리석고 위정자들이 썩어빠져
나라를 빼앗기고 산천을 잃었으니
어디에 하소연하고 누구에게 상처를 내밀어
치유를 바랄 것인가

포악한 역사는 소녀들의 몸에 고스란히 기록되었다
소녀들이 당한 치욕과 능욕凌辱은
패망한 조선의 치욕이요 무능한 조국의 능욕이다

중국 필리핀 또는 동남아시아 이역만리에서
고향을 그리다 숨져 간 이는
나비 꿈길 따라 고향 찾아 나서고

갈기갈기 찢긴 상흔 안고 찾아온 소녀들은
죄지은 양 어둠 속에 숨어 고향 찾았으나
그 누가 쓰라린 슬픔 달래고
그 누가 가슴에 패인 상처를 싸맬 것인가

소녀들의 어깨 위에 내려앉은 새 한 마리
소녀들의 쌓인 한을 물어다
천상의 하늘 어디에다 옮겨 놓을까

사루비아 꽃

어느 날 그의 얼굴에서
낯선 한 사람 걸어 나왔지
꽃 같은 화려한 시절 다 보내고
시든 풀처럼 풀기 잃은

이름은 묻지 않았지만
이미 혀끝에 익숙한 이름이었네

바다의 눈물이 일구어 낸 소금꽃
가슴에 새겨진 사루비아 빛 붉은
상처를 힐끗 훔쳐보았네

사막에서 수렵해 온
전리품을 우린 함께 나누었지
삶은 사막처럼 팍팍하고
세월은 주문을 외지 않고도
모든 것들을 순식간에 바꾸어 놓았네

몸에 깊이 패인
상처를 어루만지는 바람의 노래
오늘은 내가 바람이 되어
그 상처를 어루만지려 하네

인연

—

새 한 마리 날아간 뒤를
다른 새 한 마리가 뒤따라간다

날아가면서
날카로운 소리의 칼날 하나
허공에 심어 놓았다

닫힌 허공에 새 길이 열리고
뒤에서 누군가 주황색 물감으로
그 길을 지운다

동행*

—

사랑의 빛으로 넘쳐나는 우주
태초에 하나의 생명이 있었네

그런데 어디에서 어둠이 왔는가
어디에서 불행이 오고
절망이 오고 슬픔이 왔는가

진리를 버리고 생명을 경시한
사람들의 어리석음에서 왔네
진리의 피가 흐르지 않는 사람들의
돌처럼 굳은 마음에서 왔네

---

* 축시 – 한국 장애인 평생교육 · 복지학회 창립

농아자와 장애인이 어디에 있는가
진실을 말하지 않고 사랑의 손길을
건네지 않는 메마른 인정에 있네

신의 호명에 불려 나온 생명들은 저마다
빛과 사랑으로 충만했네
조화로운 생명의 우주
그 찬란한 일곱 빛깔의 꿈
지상의 작은 미물도, 여린 풀꽃의 미소도
우주의 몸짓 사랑에서 왔네

흰 지팡이 하나에 의지하여 길을 가는
소경의 길에는 거짓이 없네
절뚝거리며 걸어가는 장애인의 어깨 위에
가벼이 내려앉는 허공에도 거짓은 없네
뇌성 마비자의 고통의
숨소리에도 거짓은 없네

거짓은 어디에 있는가
불구는 어디에 있는가
참을 참이라 말하지 않는 자에게 있고
불의의 그늘 아래 숨는 자에게 있네
이웃의 고통과 한숨을
외면하는 자들에게 있네

불구는 소경에게 있지 않고
벙어리에게 있지 않고
뇌성마비자에게 있지 않네

온몸을 비틀어 내뱉는 간절한 손짓 하나
수백 번 시도 끝에 터져 나온 한마디 말에는
진실과 사랑이 있네

이제 여기 작은 불씨 하나 타오르려 하네
힘을 모아 어두운 길에 등불 하나 내걸고
지혜와 사랑의 손 내밀려 하네
절뚝거리며 절뚝거리며 길을 가는 걸음에 맞추어
저 빛나는 세계로 함께 나아가려 하네

그들의 고통과 한숨
비탄의 소리에 귀 기울이고
그들의 절망이 희망으로
부풀어 오르게 해야 하네

마주 잡은 손에 사랑의 온기가 전해지고
마주 보는 눈빛에 인정의 물길이 흐르고
어깨를 맞대고 걸어가는 길 위에
확신의 빛이 넘쳐나게 해야 하네

하나의 삶으로 어우러진 곳
절망과 고통과 슬픔이 사라진 자리마다
피어나는 빛의 광휘여!
영원한 생명의 노래여!

4부

일곱 빛깔
언어의 꿈

일곱 빛깔 언어의 꿈 (1)

—

1.

말의 씨앗은 사람들의 영혼 속에서
일곱 빛깔 꿈을 꿉니다

말은 혀끝에서 마구 쏟아 낸 말이 아닌
조심스레 아주 긴밀히 사물에 다가가는
그런 정겨운 말이어야 합니다

햇솜에서 뽑아낸 무명실 같은 순백의 언어
수수꽃다리 향기 같은 그런 말이어야 합니다
참깨를 털 때 싸르락거리며 쏟아지는 씨앗같이
토실토실한 그런 말이어야 합니다

긴 여정을 달려온 파도가 기슭에 올라와
부려 놓는 진실한 말
돋아나는 새순 위에 내려앉는 햇살
더운 숨결로 생명을 키우는 그런 말이어야 합니다

2.
활시위를 떠난 화살은 과녁에 박혀 부르르 몸을 떱니다

누가 말의 화살에 쏘여 신음하는지
누가 말의 칼에 상해 울고 있는지
상심한 자의 마음의 상처를 치료하고
증오를 다스리는 그런 말이어야 합니다

눈물을 말하면 눈물방울이 맺히고

기쁨을 말하면 기쁨이 넘쳐나고

누군가 고독을 말하면 산그늘처럼 번지는 쓸쓸함

마음 깊은 곳에서 길어 올린

그런 말이어야 합니다

3.

자연의 말은 문자 없이도

서로 통하고 생명을 잉태합니다

빗방울들 모여 길을 내는 실개천

그들은 낯선 곳을 지나면서도 도란거리며

서로에게 숨결을 불어넣습니다

겨울 풀섶을 헤치며 풀씨를 찾는 오목눈이 새들은
재재거리며 서로의 안부를 묻고
서로에게 희망을 불어넣습니다
진실한 말은 불안을 걷어 내고
상처를 어루만집니다

그리하여 말은 길이 되고 노래가 됩니다
오늘의 길이 영원으로 이어지듯
길 위의 순례자들은 서로에게 빛이 되고
서로에게 위로가 되어야 합니다

4.

일곱 빛깔 언어의 꿈은
우주의 심장 웅얼거리는 소리에서 오고
나비의 날갯짓에서 오고
가르랑거리는 떡갈나무에서 왔습니다

느릿느릿 날개를 펼쳐 허공을 날아가는
무당벌레에게서 오고
어린 새의 부리에서 태어난 노래에서 왔습니다

물빛 켜켜이 쌓인 아청鴉青빛 바다에서 오고
스멀스멀 피어나는 아침 안개에서 왔습니다
구름 몰고 가는 서풍에서 오고
밤하늘 날아가는 기러기의 쓸쓸한 노래에서 왔습니다

사람들의 상처 난 가슴에서 오고

잠들지 못하는 사람들의 고뇌에서 왔습니다

말이 있기 전 세상은 어둠이었습니다

말이 있기 전 사물과 사물은 서로

낯설게 마주했으나

말의 탄생으로 어둠 가운데 길이 열리고

모든 사물은 하나가 되었습니다

말이 없는 세상은 돛 없는 배와 같고

벼릿줄 없는 그물과 같습니다

5.

의미 없이 쏟아 내는 말도
어느 박토薄土에 떨어져 뿌리를 내리고
아등바등 그의 길을 갈 것입니다

생각 없이 뱉어 낸 말의 성찬
피에 굶주린 창처럼 번득이는 말의 독기毒氣
그것들 어느 연약한 심장에 꽂혀
상처를 깊게 할 것입니다

제어되지 않은 말은 제갈 물리지 않은 말처럼
거칠고 허탄하며 공허한 길로 내달립니다

욕설은 하수의 찌꺼기가 되고
원망과 증오는 이웃을 진흙구덩이로 밀어 넣고
분노는 영혼을 파괴합니다

눈물은 눈물을 낳고
슬픔은 슬픔으로 깊어 가고
탄식은 발아래 깊은 허방을 팝니다

6.
태양의 심장, 비밀의 방에서
꾸물거리며 빠져나온 햇살은
적요寂寥한 시간의 노래를 들려줍니다

자연의 심오한 침묵의 노래
스스로 깊어가는 우주의 심금에서
자유의 노래가 울려 퍼집니다

말의 깊은 성소聖所에 신은 있습니다

날은 날에게 말하고
밤은 밤에게 지식을 전하니
언어가 없고 들리는 소리도 없으나
그 소리는 온 세상에 통합니다*

자연은 스스로 수식하거나
스스로 설명하지 않습니다
말은 행동하고 행동은 곧 말이 됩니다

---

* 시편 19:2~4

신은 인간의 입을 빌어 말을 하고
지혜자의 말은 진실한 구도자에게
비밀의 방을 열어 보입니다
지혜자는 굳게 닫힌 문을 열어
말의 근원을 말하기 시작했습니다

우주의 바다 정밀靜謐이 살아 숨 쉬는 곳
진실한 언어의 배를 타고 가는 길에는
절망이 없고
탄식이 없고
눈물이 없습니다

태초의 말은 사람들의 영혼 가운데 살아 있고
금빛 날개는 이미 당신에게 있습니다

영혼이 떠난 죽은 언어의 옷을 벗고

진리와 사랑으로 일렁이는

일곱 빛깔 언어의 꿈을 펼쳐야 합니다

일곱 빛깔 언어의 꿈 (2)

진실한 말에는 향기가 있습니다
사람들의 사랑과 진실이 쌓여
향기로운 말이 됩니다

이웃에게 전하는 말이
마른 나무의 삭정이가 되지 않기를
향기 없는 건초더미가 되지 않기를
목울대를 거쳐 흘러나온
헛바람 소리가 아니기를

말에는 진실과 사랑이 스며 있기를
그리하여 입술을 떠난 말에도
따스한 온기가 아직 남아 있기를
꽃에 떠도는 은은한 향기가
스멀거리며 살아 있기를

말을 되뇌면 정감이 묻어나고
싱그러운 기운이 일어나기를
처음 말을 배우기 시작하는
어린아이의 숨결로 밀어낸 낱말처럼
청순하고 신비롭기를

봄 햇볕 받아 밭두둑에 피어나는
노란 냉이꽃 향기이기를
말의 진실은 칸나 꽃보다 더 붉기를

사랑이라는 말에는
사랑을 시작하는 연인들의
뜨거운 피가 살아 있기를

먼 길 날아가 나비를 부르는 백리향

당신의 말이 시들어 가는 영혼을

불러일으키는 전령傳令이기를

일곱 빛깔 언어의 꿈 (3)

모국어 앞에 무릎을 꿇습니다

나의 말은 도량度量 없는 농부의 손에서
떨어진 씨앗처럼 아무 데나 나뒹굴었습니다
나의 몽매蒙昧는 어둠보다 깊은데
무지의 정수박이에 쏟아지는 진리의 빛이여

선조들의 심장에서 심장으로
끊이지 않는 혈맥을 타고 내려온
언어의 모진 생명 앞에
경의와 찬사를 올립니다

수많은 선조의 절망과 슬픔과 고통을

다스려 굳센 희망을 준 언어

침략자들의 살육의 칼날 앞에서도

목숨처럼 지켜 온 모국어

선조들의 숭고한 정신 앞에 무릎을 꿇습니다

언어는 영혼을 실어 나르는 새

생명을 이끌어 내는 사자使者입니다

조상들의 피로 자라난 모국어의 숲

어린아이의 입술에 막 옮겨 앉은 모국어

그 순결한 생명의 숲에서

노래하고 춤추어야 합니다

일곱 빛깔 언어의 꿈 (4)

—

언어의 뿌리는 깊습니다
날줄과 씨줄로 교직交織된 언어
언어는 지나온 역사의 피를 움켜쥐고 있습니다

말에는 사람들의 정감이 묻어 있습니다
사랑이라는 말에 사랑을 싣지 못한 말
그리움이라는 말에 그리움이 없다면
말은 얼마나 외로울까요

의미 없이 쏟아 놓은 수많은 말들
어느 곳에 떨어져 싹을 틔우고
척박한 길을 달려가는지

사람들은 언제쯤
백사장에 빈둥거리는 폐선廢船 같은
빛바랜 말을 버리고
자연의 생명 속에 살아 숨 쉬는
말의 영혼에 가 닿을 수 있을까요

언어가 태어나기 전 망설이는 생각의 저수지
진실이 나뉘지 않은 곳으로 달려갈 수 있을까요

누가 부르기 전에 응답하고
갈망의 눈길 보내기 전 손을 내미는
하나의 정신으로 어우러지는
세상을 만나게 될까요

일곱 빛깔
언어의 꿈 (5)

언어에는 일곱 빛깔 꿈이 있습니다

밝은 빛으로부터 어둠의 빛까지
빛은 이성의 깊은 곳에서 꿈틀거립니다

말은 영혼을 담는 그릇
말은 사람들의 영혼을 빛나게 합니다
기쁨과 슬픔 희망과 절망
행복과 불행이 언어의 그릇에서 자랍니다

말을 마치면 말은 다시 빈 그릇으로 돌아가듯
이제 상처투성이 말을 버리고
빈 마음으로 돌아가야 합니다

아침 태양이 새로이 떠오르듯
강물이 새 아침의 노래를 부르듯
영혼에 탄식과 한숨이 깃들지 않고
비탄과 낙심의 그림자가
어른거리지 않아야 합니다

사람들의 생각이 말의 길을 내고
사람들은 말의 길을 따라 생각합니다
진실함이 말을 빛나게 하고
진실한 말이 시들어 가는 영혼에 생기를 줍니다

사랑이라는 말그릇은
진실한 사랑으로 넓어지고
사람들이 절망에 잠길 때
절망의 그릇은 더 깊게 패입니다

증오가 쌓이면 증오는 암흑처럼 깊어지고
음모가 횡행하면 음모는 깊은 함정을 팝니다

가슴에 상처를 새기지 않는 강물처럼
슬픔을 읊조리지 않는 바람처럼
말은 빈 그릇이 되고
새로이 태어난 말은 다시 신선해집니다

말은 말하는 사람에 따라 새로운 빛깔의 옷을 입고
말의 영혼이 그 안에 깃듭니다

말은 순간 속에 피어나는 꽃
말은 향주머니처럼 향기가 번져나야 합니다

진실한 말은 사람들의 마음의 텃밭에 뿌려져
아름다운 집을 지을 것입니다

햇오이를 베어 물 때 상큼한 오이향이 번지듯
영혼이 실린 말은
일곱 빛깔 무지개로 피어날 것입니다

일곱 빛깔
언어의 꿈 (6)

사람들이 언어를 가진 것은
하나의 세상을 가진 것입니다

물고기가 물속에 살듯
사람들은 언어의 강물 속에 삽니다

자연의 언어는 행동으로 말하고
말로써 행동합니다

우주는 사람들의 언어 안에 있습니다
언어 속에는
온갖 생명이 살고 있습니다

말 그릇의 크기는 말하는 사람의 크기와 같고
영혼이 깃든 말은 사람들의 경전이 됩니다

영혼이 깃들지 않은 말은

할 일 없이 떠돌다 사라지는 부유물입니다

일곱 빛깔 언어의 꿈 (7)

사람들의 말은 나날이 거칠어지고 있습니다
말은 길들지 않은 야생마처럼 난폭하고
쭉정이처럼 이리저리 불려 다닙니다

사람들의 말에는 영혼이 떠나가고
말 그릇에는 거짓과 술수와 음모가 가득하고
악독과 저주와 사악함이 넘실댑니다

그들은 증오의 칼끝이 상대를 찌르기 전에
자신을 향하고 있다는 사실을 모릅니다
상대가 피 흘리기 전에 자신의 영혼이 먼저
피 흘린다는 사실을 모릅니다

사람들의 말에 사랑의 온기가 사라지고
음산한 기운이 흐르고
절망과 탄식이 자리 잡습니다
그리하여 말은 스스로 고립되고
말하는 사람도 자신의 말을 믿지 못합니다

말은 암흑 속에 고립되어 스스로 고통을 짊어집니다

어리석은 자들은 모국어의 팔다리를 잘라 내고
이종교배 하듯 외국어를 자랑스레 붙여 놓습니다
그들은 모국어가 얼마나 오랜 세월
가시밭길을 헤쳐 생명을 이어 왔는지 알지 못하고
선조들의 지혜의 피가 살아 흐르는 사실을
깨닫지 못합니다

말과 문장에 낯선 이국어가 불쑥 끼어들 때
언어가 얼마나 낯설어 하며
고통스러워하는지 헤아리지 않습니다

생각 없이 말을 내뱉고 학대할 때
모국어는 죽지 꺾인 새처럼 날지 못하고
뿌리 상한 나무처럼
시름시름 앓다 죽어갈 것 입니다

말의 꽃

—

말은
침묵이 피워 올린
꽃

꽃
한 송이 꺾어
당신의
신전神殿에
바칩니다

혀

그는 주인의 충직한 하수인

입안의 모든 음식을 분별하여 내고

또한 그는

주인의 생각을 다듬고 다듬어서

오롯이 드러내는

충복의 신하

혀의 칼

—

사특한 자의 칼은 입안 깊이 숨어 있지

날카로운 칼들이 적을 만나
쟁쟁쟁 부딪힐 때
섬광처럼 빛나는 칼의 용맹스러움이여

칼날에 낙엽처럼 나가떨어지는 적
그들은 적의 몸에 난 상처를 보고
희열을 느끼지

그들은 밤을 새워 가며
숫돌에 연마하여 칼날을 세우지

그리하여

때가 되면 제 살을 베지도 않고

잽싸게 칼을 꺼내 적을 무너뜨리지

빈집

—

나의 언어는 거칠고 빈약하며
도량度量 없는 건축가가 지은 집처럼 허술하다

나는 엉성한 언어의 갈퀴질로
사물들을 가두어 두려 하였다
포악한 전제군주처럼
모든 사물을 포획하려 들었다

끌려온 사물들은 삐죽거리며 달아나거나
풀죽은 포로처럼
허술한 방에 갇혀 신음하고
시들어 가는 푸성귀처럼 앓았다

영혼이 떠난 언어는
우화羽化한 매미가 남긴 허물이다

말의 말

—

발설되지않은말을품은말의눈그의간절한말은몸속에
간혀있다말은몸에서뚫고나올통로를찾지만말문을찾
지못한말은울부짖음에머물고말은절망의수렁으로가
라앉는다그리하여말의말은눈속에그렁그렁맺혀있다

케네디 공항에서

사람들의 언어는 단단한 견과류 같고
병사의 눈부신 투구와도 같다

누군가 말과 말을 잇는 통로를 내지 않는다면
말은 병사가 거머쥔 창처럼 위험하다
알아들을 수 없는 말은 소음이 되고
두려움이 되고 찌르는 칼이 된다

수많은 사람들이 쏟아 내는 말들
칼과 칼이 부딪혀 쇳소리를 내는 것 같고
입에서 불꽃이 튀어나오는 것도 같다

무른 흙이 굳어 돌이 되듯
그들의 말도 수천 년을 벼려 단단해졌을 것이다

그들이 말할 때

말에다 살짝 미소를 올려놓지 않는다면

칼끝이 삐죽거리거나

이글이글 화염이 뿜어져 나올 것 같다

5부

담쟁이 물들다

풍죽風竹

ㅡ

쏴아 쏴아 쏴아

거친 세상을 건너는

파도 소리

파도를 헤치며

파도를 헤치며

바삐 달아나는

초록 물고기 떼

나비잠자리

—

저놈은 분명 변신술의 천재일 거야 우아하게 양 날개를 펄럭이지만 욕망의 회색지대에 눌러앉은 것이 분명해 그의 집은 흑암으로 쌓아 올렸을 걸 반인반수半人半獸인 미노타우르스의 변신일 수도 있지 감청색 셀로판 날개로 위장하고 거처인 미궁에서 탈출하는 중 그의 날갯짓은 비행의 두 방법 중에서 어느 것을 택할까 망설이다가 팔자 날갯짓으로 휘휘 휘젓고 다니지 그의 행적을 미행하거나 꽃을 찾아가 교묘히 흘려 놓은 유혹의 말을 탐문하거나 아니면 엇박자의 날갯짓에서 단서를 찾아낼 수도 있지 세상을 주유천하하면서 공짜로 모든 것을 취하려는 수작을 보라고 저놈이 몸에 지닌 건 팔랑거리는 두 쌍의 날개와 탐욕스런 이빨 두 개의 이름을 하나로 버무린 것만 보아도 자기 이익만 갈퀴질하려는 속셈을 알 수 있지 천형의 굴레를 짊어진 그는 두 마음의 싸움질로 날이 새는 줄 모를 걸

나는 이상한 나라에 당도했다

—

백성을 통치하는 군왕도 없고
사람을 옥죄려드는 법률도 없는 나라

허공에는 갓 깃을 펼친
잠자리들이 헤엄치고
숙명처럼 이곳저곳 옮겨 다니는 나비들
무더기로 피어난 개망초 꽃 위를 배회한다

매미 울음에 이끌려 나온 여름 가운데
들꽃은 습관처럼 피어나고

산곡을 바삐 빠져나온 냇물은
가는 길 서로 묻는지
몸을 부딪히며
무슨 말인가를 중얼거린다

자연 해우소를 찾아서

—

강원도 어느 산골짝 지나다가
해우소를 찾으러 계곡에 내려섰는데
바로 눈앞까지 내려온 산비탈의 나무들이
울그락불그락 낯을 붉히며 어쩔 줄 몰라 하고

발밑 계곡물은 흉이라도 보는 건지
중얼중얼 중얼거리며
발길 재촉해 달아나고

나는 그저 무르춤해져 있는데

그런 나를 위로라도 하려는 듯
머리가 막 새기 시작한 은회색 억새는
괜찮다 괜찮다고 연신 머리를 주억거리고

굴참나무 이파리는

내 수심愁心이라도 덮어 내리려는 듯

소란을 피우며

자꾸자꾸 떨어져 내리고

담쟁이
물들다

—

남의 몸에 빌붙어 살면서도

낯껍짝 두껍더니

이제사 철이 들었나

부끄러움으로

온몸이 붉다

눈

—

몸은 감옥이다

몸의 갈망이 창을 만들었다
당신은 창을 통해 세상을 본다

나는 당신의 창을 통해
당신 마음속 깊이 자라나는
산그림자 같은
쓸쓸함을 본다

무지개

빗방울에 갇힌

햇살이 꾸는 꿈

일곱 가닥 꿈을 꺼내

하늘 한쪽 귀퉁이에

살짝 걸어 놓았다

나팔꽃씨

–

용수철처럼 튀쳐나오려는 욕망

꾹꾹 눌러 놓은 어두운 방

구석 깊이 박힌

붉고 푸르른 기억

몰래몰래 꺼내어 보곤 하였으리

말하는 개

개는 온몸으로 말을 한다

말의 통로는 눈과 혓바닥
네 다리와 꼬리 그리고 몸통이다

각 지체를 통해 쏟아진 말들은
주체할 수도 없이 산만하기도 하지만
그 말은 한 문장으로 압축된다

"나는 죽도록 당신을 사랑합니다"

그의 몸뚱이는 말의 덩어리

그의 몸통에서 쏟아진 말들은

주어와 목적어가 생략되었지만

화려한 수식어로 꾸민

사람들의 말보다 더 현란하다

때죽나무 꽃

–

다닥다닥 피어난 때죽나무 꽃에서
향기가 솔래솔래 소문처럼 퍼지고 있었다

그 소문이 가 닿는 곳 아무도 모른다

딱새 가족

–

한 나무의 나뭇가지에서
건너편 나무의 나뭇가지까지
새들이 말을 주고받는 거리

나는 두 나무 사이 어느 중간 지점에 서서
그들이 나누는 말의 속뜻을 헤아려 보지만
그들의 문법은 나와 달라서
끝내 해독이 불가능하다

잠시 후에 세 마리의 딱새가
한 나뭇가지에 앉아서
그들의 안부를 확인한 듯
서로 꽁지를 흔들어 보인다

검은 고양이

—

검은 몸뚱이처럼 짙은 어둠 속에서
그는 밤을 지배하는 꿈을 꾼다

바늘 떨어지는 소리까지 주워 담는 귀와
어둠 너머까지 들여다보는 눈

사람들의 호의에도 일정한 거리를 두는
가는 터럭 같은 세심함

간혹 내지르는 날카로운 울부짖음으로
골목은 원시의 정글이 된다

어둠의 층계 깊숙이 내려놓는 발자국
그곳에 방랑자의 먹빛 슬픔이 고인다

생강나무

\-

떡갈나무 옆에
노린재나무 있고
노린재나무 옆에 산벚나무 있고
산벚나무 맞은편에 층층나무 있다
층층나무 곁에 언제부터 서 있었는지 알 수 없는
생강나무 한 그루 생각에 골몰해 있다

바로 가까운 데서
산비둘기 한 마리 운다
애절함이 묻어나는
문자 이전의 소리
자음과 모음으로 흩어져
생강나무 잎을 미끄러져 내린다

해바라기

네게 다가가는 길은 항상 서툴다
혀끝에 맴도는 그리움은
노란 꽃잎 속 깊이 쟁여 놓았다

어떻게 하면 네게 가는 길 찾을 수 있을까
혀 밑에 숨은 그리움
얼마나 잦아들어야
네게 다가가 말문 열게 될까

오늘도 나는 초록 안테나 펄럭이며
하룻길을 뒤따라 나선다

사랑의 금빛 화살에 쏘여
시름시름 앓다가
그리움만 커져 황금쟁반이 되었다

네 그림자 밟아 가는 하룻길

가슴을 치며 백날을 뒤따라도

그 길은 가도 가도 눈먼 길이다

산목련

—

산속에 피는 꽃은 외로움에 진저리를 친다

꽃은 제 이름도 모른 채
홀로 피어 있다

누군가 입을 동그랗게 오므려
그의 이름을 부를 때
꽃은 비로소 외로움의 그늘을 벗는다

꽃의 말은 은유다
그래서 늘 화려하고 쓸쓸하다

하나의 생명으로 세상에 불려온 것들

자연의 사랑을 받아 온 생명은

그의 이름 불리어지기만을

해가 지도록 기다리고 있다

운수납자雲水衲子

—

깊은 산 계곡에 내려와
몸으로 우는 네 울음소리 듣는다
한때 너의 거주지가 하늘이었다는 것
허공을 떠도는 방랑자였다는 사실을
그만 잊고 있었지

나무와 꽃의 속살을 흥건히 적시거나
땅바닥에 곤두박히는 외길
제 몸으로 낸 길을 타고 흐르는
울음은 몸속 깊이 숨겨 놓았지

도시의 뒷골목을 어슬렁거리다가
하수구 속 검은 슬픔으로 흐르다가
결빙의 몸에 갇혀서도
방랑자의 넋 놓지 못하지

입동立冬

-

산정 위의 겨울나무로 서서
스치는 바람 소리 듣고 싶다

묵언수행默言修行에 든
한 그루 나무가 되어
어둠처럼 밀려오는 욕망 칼날로 쳐내면
발밑에 수북이 쌓이는 번뇌의 이파리들

지금은 마음속 분노를 다스려
지워지지 않는 금언金言 한 줄
새겨야 할 시간

세월이 전해 준 지혜의 말
단단한 나이테로 새겨야 하리